悪霊物語

江戸川乱歩＋粟木こぼね

初出：「講談倶楽部」1954年9月増刊

江戸川乱歩

明治27年（1894年）三重県生まれ。早稲田大学卒業。雑誌編集、新聞記者などを経て、1923年「二銭銅貨」でデビュー。主な著書に、『怪人二十面相』、『少年探偵団』などがある。「乙女の本棚」シリーズでは本作のほかに、『目羅博士の不思議な犯罪』、『人でなしの恋』、『人間椅子』、『押絵と旅する男』がある。

粟木こぼね

2017年からSNSでの公開を中心に、創作活動を始める。映画のワンシーンを切り取ったような、どこか物語性を感じられる絵が魅力のイラストレーター。著書に『Glamelia 粟木こぼね作品集』がある。

老人形師

小説家大江蘭堂は、人形師の仕事部屋のことを書く必要に迫られた。ブリタニカや、アメリカナや、大百科辞典をひいて見たが、そういう具体的なことはわからなかった。

蘭堂は、いつも服をつくらせている銀座《ぎんざ》の洋服屋に電話をかけた。そして、表の店に飾ってあるマネキン人形は、どこから仕入れているのかと訊《たず》ねた。

マネキン問屋《どんや》の電話番号がわかったので、そこへ電話した。こちらは小説家の大江蘭堂だが、人形師の仕事部屋が見たい。なるべく奇怪な仕事部屋がいい。一つ変《かわ》り者《もの》の人形師を教えてくれないかと云《い》うと、先方《せんぽう》は電話口で、エヘヘヘヘと気味わるく笑った。

「あなたさまは、あの恐ろしい怪奇小説をお書きになる大江蘭堂先生でございますか。エヘヘヘヘ、それでしたら、ちょうどおあつらえむきの老人の人形師がございますよ。名人ですがね、そのアトリエには、だれもはいったものがございません。秘密にしているのです。しかしね、先生、先生でしたら見せてくれますよ。伴《バ》天《テ》連《レン》爺《じい》さんは、いえね、これがその人形師のあだ名でございますが、その伴天連爺さんは、あなたさまが好きなのです。あなたさまの小説の大の愛読者なのでございます。いつも、いちど先生にお目にかかって、お話がうかがいたいと申しております。先生のことなら、きっと喜んで、秘密のアトリエを見せてくれますよ」

ひどくお愛想のいい店員であった。伴天連爺さんのアトリエは世《せ》田《た》谷《がや》の経堂《きょうどう》にあるのだという。ぜひ、その爺さんに紹介してくれとたのむと、電話で、先方の都合を聞いて見ますから、しばらくお待ち下さいといって、いちど電話を切ったが、間もなく返事が来た。

「先生、先方はよろこんでおります。今晩七時ごろに手がすくから、その頃おたずねくだされば、お待ちすると云っております。先生にくれぐれもよろしくと申しました」

そこで、大江蘭堂は、その晩、経堂の伴天連爺さんを訪問することにした。

経堂の駅で電車をおりて、教えられた道を十丁ほど行くと、街角に大きな石地蔵《いしじぞう》が立っていた。その向うは森になっていて、森のわきを歩いて行くと、生垣《いけがき》や塀《へい》ばかりの屋敷町《やしきまち》で、ところどころに草の生えた空地《あきち》があった。ボンヤリした街燈をたよりに、やっと目的の家にたどりついた。ガラスの割れた門燈が「日暮紋三《ひぐれもんぞう》」という表札を照らしていた。これが伴天連爺さんの本名なのである。

とびらもない門をはいって行くと、草の中に古い木造の洋館が建っていた。

日暮

こちらの足音を聞きつけたのであろう。玄関のドアがひらいて、赤い光の中に小柄な老人のシルエットが浮き出した。赤い光はチロチロ動いていた。老人は燭台《しょくだい》を自分のからだのうしろに持って、こちらをじっと見ているらしかった。

「大江蘭堂先生でしょうな？　どうぞ、おはいり下さい。お待ちしておりました」

何かの鳥がさえずっているような、妙に若々しい声であった。

「わたしがバテレンじじいです。よくおいで下さった。さア、こちらへおはいりください」

手をとらんばかりにして、廊下のドアをひらき、書斎らしい洋間に請《しょう》じ入れた。

部屋にも電燈はなかった。爺さんはあたりの様子を見せるように、太い蝋燭《ろうそく》の燭台をふりてらしてから、それを机の上に置いた。書棚にえたいの知れぬ古本がならんでいた。壁には、レオナルド・ダ・ヴィンチの人体解剖図の大きな複製がベタベタ貼りつけてあった。村役場にあるような粗末な木机と木の椅子《いす》、蘭堂はその一つにかけさせられ、爺さんも向かいあって腰かけた。

これはすばらしい。これはもう、そのまま怪談の材料になる。蘭堂はホクホクしていた。爺さんも蘭堂に会えたのが、ひどく嬉《うれ》しいらしく、

「よく来て下さった。なんでもお見せします。なんでもお話しします。じゃが、その前に一ぱい如何《いかが》ですな。上等のコニャックがあります」

そういって、本棚の古本のあいだに入れてあった、変な形の酒《さか》瓶《びん》とグラスを二つ持って来て、酒をついだ。蘭堂がグラスを取って、嗅《か》いで見ると、なるほどすばらしいコニャックだ。チビリとやって、爺さんの顔を見ていると、爺さんもチビリとやって、ニヤニヤと笑った。

「人形師の秘密がお知りになりたいのですな、小説にお書きになる？」

だんだん蝋燭の光が目に慣れて来た。爺さんは、六十五六歳に見えた。黒いダブダブの洋服を着て、痩《や》せて、顔におそろしく皺《しわ》があった。目は澄んでいた。茶色の瞳《ひとみ》だった。顔にも老年のシミが目立っていた。

「マネキン人形は鋸屑《おがくず》と紙を型にはめて、そとがわにビニールを塗るのですか」

「そういうのもあります。いろいろありますよ。しかし、わたしは、ショーウィンドウのマネキンなんか造りません。そんなものは、弟子《でし》たちにやらせます。わたしは本職の人形師です。子供の時分に、安本亀八に弟子入りしたこともある。日本式の生人形《いきにんぎょう》ですよ。桐《きり》の木に彫るのです。上から胡粉《ごふん》を塗ってみがくのです。これは今でもやりますがね。しかし、なんといっても蝋《ろう》人形ですね。ロンドンのチュソー夫人の蝋人形館のあれです。わたしは今から二十年ほど前に、ロンドンへ行って、あの人形を見て来ました。日本の生人形も名人が造ったやつは生きてますが、チュソー夫人の蝋人形と来たら、まるで人間ですね。生きているのですよ。死体人形なら、ほんとうに死んでいるのですよ。大江先生はロンドンへおいでになったことは……？」

「ありません。しかし、チュソー夫人のことは本を読んで知ってますよ。僕もあの蝋人形は好きですね。皮膚《ひふ》がすき通って、血が通《かよ》っているようでしょう」

「そうです、そうです。血が通っています。死体人形なら、脈《みやく》がとまったようです」

「で、あなたは、蝋人形を造っておられるのですか」

「そうです。今は蝋人形がおもです。医学校や博物館の生理模型ですよ。病気の模型が多いのです。だが、それはただ金儲《かねもう》けのためです。美術とは云えません。わたしは模型人形で暮らしを立てて、一方で美術人形の研究をしているのですよ。大江先生はむろんご承知でしょうが、ホフマンの『砂男』に出て来る美しい娘人形、オリンピア嬢でしたかね。あれがわたしの念願ですよ。おわかりでしょう。世の中の青年たちが真剣に恋をするような人形ですね」

伴天連爺さんは、なかなか物知りであった。ホフマンのナタニエル青年は、生きた娘よりも、人形のオリンピアに命がけの恋をしたのである。

「それでは、ジェローム・ケイ・ジェロームの『ダンス人形』をお読みになったことがありますか」

蘭堂はつい誘いこまれて、西洋小説の話をはじめた。すると爺さんはニコニコして、

「読みましたとも、あれはわたしの一ばん好きな小説の一つですよ。娘たちのダンスの相手として、いつまで踊っても疲れない鉄の男人形を造ってやる人形師の名人の話でしょう。わたしはああいう名人になりたくて、修業したのですよ。あの鉄の人形も、生きて動き出したのですね。一人の娘を抱いたまま、無限に踊りつづけたのですね。実にいい話だ。ああいう小説を読むと、人形師の生き甲斐《がい》を感じますよ」

The Dancing Partner

ジェロームの「ダンス人形」は訳が出ていないはずだから、この老人形師は外国語も読めるのであろう。あらためて書棚の古本を眺めると、英語でもフランス語でもドイツ語でもない背文字があった。蘭堂はなんだか気味がわるくなって来た。目の前の皺だらけの小さな老人が、奥底の知れない人物に感じられて来た。

「蝋人形はどうして造るのですか。やはり型にはめるのですか」

「粘土《ねんど》で原型を造ることもありますが、直接実物からとる場合もあるのです」

「実物からとは？」

「食堂のショーウィンドウに並んでいる蝋製の料理見本をごらんになったことがあるでしょう。あれは実物に石膏《せっこう》をぶっかけて、女型《めがた》をつくることが多いのですよ。そこへ蝋を流しこんで固め、彩色するのです。人間でも同じことです。ただ石膏がたくさんいるだけですよ」

「じゃあ、人間の肌に石膏をぬるのですね」

「そうです。ごらんなさい。ここに見本がありますよ。ホラ、これがわたしの手です。実物と見くらべてごらんなさい」

20-341

やっぱり本棚の古本のあいだから、ひらいた人間の手を取り出して、机の上においた。手首のところから切りとった手《て》の平《ひら》である。老人形師は、自分の手をひらいて、それとならべて机の上にさし出した。小さな皺の一つ一つ、しなびた老人の手の色《いろ》合《あい》が、そのまま出ている。どちらが本物かわからないほどであった。

「これは、わたしの手に石膏をぬって、女型をとったのです。全身をとるのも、りくつは同じですよ」

「では、ほんとうの人間からとった全身人形も造ったことがあるのですね」

「ありますとも、画家がモデルを使うように、人形師もモデルを使うのです。モデルはドロドロの石膏にうずまるのですから、あまり気持がよくありませんがね。顔をとるときは、鼻の穴にゴム管を通して、息ができるようにしておくのです。たいていの娘はいやがりますが、なかには、石膏にとじこめられ、抱きしめられるような気持が好きだといって、進んでモデルになる娘もいますよ」

　伴天連爺さんは、歯の抜けた口をあけて、ニヤニヤと笑った。

「そのアトリエを見せていただきたいものですね」

「むろん、お見せしますよ。では、これをすっかり飲んでから、アトリエへ行きましょう、今晩はうすら寒いですから、からだをあたためてからね」

老人はそういって、グラスを取りあげ、グッとのみほした。蘭堂もそれにならった。強い酒が腹にしみわたって、からだがほてってくるようであった。

老人は机の上の燭台を持って、先に立った。そのとき、蝋燭の光の加減で、机の上にほうり出してある蝋製の手首が少し動いたように見えた。それから、まっ暗な廊下を三間《げん》ほど行ったところで、老人は何かカチカチ云わせている。ポケットから取り出した鍵でドアをあけようとしているのだ。

「このあいだ電燈会社と喧嘩《けんか》をしてしまいましてね、電燈がつかないのです。少々暗いが、我慢して下さい。もっとも、わたしは夜は仕事をしませんから、電燈がなくても、べつに差支《さしつか》えありませんがね」

弁解をしているうちに、ドアがひらくと、彼は燭台をヌッとこちらへさし出して、しばらく、じっと蘭堂の顔を見つめていた。

「びっくりしてはいけませんよ。なにしろ蝋人形というやつは、ちょっと気味のわるいものですからね」

警告するように云って、部屋の中へはいって行った。蘭堂は年甲斐もなく、少し怖《こわ》くなって来たが、それがまた、たまらない魅力でもあった。彼はオズオズと老人のあとにつづいた。

妖美人

燭台の蝋燭が部屋の中をソロソロと動いて行った。その光の中へ、何もない床《ゆか》や、粘土のかたまりや、彫刻用のコテや、石膏のかけらや、いろいろのガラクタが、次々と現われては消えて行く。そして、ピッタリ光が動かなくなった。そこに異様な物体が横たわっていた。大きなものであった。

「これ、なんですか」

気味がわるくて、黙っていられなかった。

「よくごらんなさい。死骸《しがい》ですよ。断末魔《だんまつま》です。知死期《ちしご》です。わたしの自慢の作品ですよ」

土色の男のからだであった。目が血ばしって赤く、唇《くちびる》がまっ青《さお》だった。頸《くび》から胸にかけて、黒い血が凝固していた。頭にも胸にも腿《もも》にもほんとうの毛が植えてあった。

「これもほんとうの人間から型を取ったのですか」

蘭堂は声が震えないように用心しなければならなかった。

「そうです。生きた人間からです。まさか死骸からではありませんよ」

伴天連爺さんは、そういってから、フフと笑った。

その次には、皮膚病の半身像や、変てこな局部像が、いろいろ並んでいた。並んでいるというよりは、ころがっていた。ひどく生き生きとして、今にも動き出しそうなものもあった。

「このつぎに、面白いものがあります。蝋燭を消しますよ。でないと、感じが出ないのです」

フッと火が消えて、まっ黒なビロードに包まれた感じであった。突然めくらになったように、まったく何も見えなかった。

「さア、両手を出して、さわってごらんなさい。目で見てはちっとも美しくないけれども、手でさわれば、たまらない美しさです。わたしが考え出した類のない美術品です。ですから、夜をえらんだのですよ。先生にわざと夜《よる》来ていただいたのです。目で見ないで、手だけで見るというのには、昼間はぐあいがわるいですからね。これは手で見るのですよ。つまり触覚の美術です」

蘭堂はいわれるままに、オズオズとそれにさわって見た。冷たいなめらかな肌であった。

「もっと手をのばして、全体をなでまわしてごらんなさい」

だんだん手をのばして行くと、それは人間のからだに似たものであることがわかった。しかし、普通の人間ではない。手が何本もある。足が何本もある。肉体の山と谷が無数にある。

はじめは薄気味がわるかった。不快でさえあった。だが、なでまわしているうちに、神経の底から妙な感じが湧き上がって来た。今まで一度も経験しなかった不思議な快感であった。そこには、想像し得るあらゆる美しい曲線が、微妙に組合わされていた。スベスベした、なだらかな運動感があった。手が自然にすべって行く、そのすべり方に、異様な快感があった。それは触覚だけでなくて運動感覚にも訴える美しさであった。

老人は暗闇の中で、息の音《ね》も立てないで、小説家の感動を感じ取ろうとしていた。蘭堂の両の手が、はじめはゆるゆると、やがて、徐々《じょじょ》に速度を増して、ついには恐ろしい早さで、その物体の上を、這《は》いまわった。恍惚《こうこつ》として、時のたつのも忘れて、這いまわった。

「すばらしい。これはすばらしいですよ。ぼくはこんな美しいものに初めてさわりました。これは何という微妙な曲線でしょう。いったい、どんな法則から割り出した曲線でしょう。……」

闇の中から、老人のフフという笑い声がした。

「さっきから、もう三十分もたちましたよ。ずいぶんお気に入ったものですね。さア、つぎに移りましょう。もっとお見せするものがあるのです」

闇の中で手をとられて、その場を離れた。四五歩もあるくと、シュウとマッチがすられて、再び蝋燭が輝いた。いそいでうしろを見たが、さっきのふしぎな曲線の物体は見えなかった。老人は用心ぶかく、あの物体に覆《おお》いの布をかけてしまったのかも知れない。

「これですよ。この中ですよ」

燭台をかざしたのは、一つの大きな黒い箱の上であった。それは西洋の装飾寝棺《ねがん》に似ていた。そと側の黒い色が漆《うるし》のように光っていた。

老人は燭台をおくと、またポケットから鍵束《かぎたば》をとり出して、その黒い長い箱の錠前《じょうまえ》をはずした。そして、燭台をかざしながら、その蓋《ふた》をソロソロとひらいて行った。

蝋燭の光といっしょに、目がチラチラした。箱の中には、白いなめらかなものが横たわっていた。蓋がすっかりひらいてしまうと、それは美しい裸体の女であることがわかった。

蘭堂は愕然《がくぜん》として、一歩うしろにさがった。蝋人形というものが、こんな恐ろしい美を持っているとは、思いもよらなかった。ああ、これが生きた人間でなく蝋細工《ざいく》だなんて、そんなバカなことがあるものか。

「お気に入りましたか。美しい女でしょう。これは生きているのですよ」

老人はささやくような低い声で云った。すると、その声が蝋人形に通じたように、美しい瞼《まぶた》がブルブルとふるえて、パッと目をひらいた。蝋細工ではない、ほんとうの目であった。それがじっと蘭堂の顔を見つめていた。蘭堂の鼓動《こどう》が早くなった。逃げ出したいような恐怖を感じた。

伴天連爺さんとはよくも名づけた。彼は伴天連の魔術を心得ているのであろうか。

「ハハハ、大江蘭堂さんは、こんなものに驚く方《かた》ではないと思いましたがね。あなた、顔が青くなっていますよ。ハハハハハ、わたしは天下の大江蘭堂をびっくりさせましたね。先生のお書きになる怪談と、わたしの発明した怪談と、どっちが怖いでしょうかね」

爺さんは顔じゅうを、すぼめた提灯《ちょうちん》のように皺だらけにして、歯の抜けた口を耳まで拡げて、悪魔のように笑っていた。

「これが蝋人形ですか。なにかカラクリ仕掛けでもあるのですか。ああ、目だけじゃない。唇が動いている。息をしている……」

「生きているでしょう。あなた、わたしのトリックにかかりましたね。これはほんとうに生きているのですよ。人造人間じゃありません。さわってごらんなさい」

老人は無理に蘭堂の手を引っぱって、箱の中に横たわっている美女の肌にさわらせた。その肌は暖かくて弾力があった。

すると、人形が、くすぐったいと云うように、身もだえして、ムクムクと起き上がった。その時は、さすがの怪奇小説家も心臓が止まる思いをしたが、すぐに、それは老人形師の子供らしいトリックであることがわかった。箱づめになっていたのは、人形ではなく、ほんとうの生きた人間にすぎないことがわかった。

「ひどいいたずらをしますね。可哀そうにこのお嬢さんは、箱の中で、さぞ息ぐるしかったことでしょう」

蘭堂はそう云いながら、美しい裸女《らじょ》の手をとって、引き起し、箱のそとへ出るのを手伝ってやった。

「ごめん、ごめん。これが怪奇小説家のあなたには、何よりのご馳走《ちそう》だと思いましてね。実はこの女は、わたしのモデルなんですよ」

だが、ふしぎなことに、この美しいモデル娘は、少しも裸体をはにかむ様子がなかった。無言のまま、向うの衝立《ついたて》の蔭《かげ》にはいって、しばらくすると、素肌の上にガウンを着たらしい様子で出て来た。

「先生、まだ心臓が静まりますまい。こういうときは一ぱいやるに限ります。この子に酌《しゃく》をさせて、あちらで又一ぱいやりましょう」

老人形師は燭台を持って先に立ち、その次にガウンの美女、あとから蘭堂がつづいた。

以前の書斎で、それぞれ椅子にかけると、またコニャックの酒《さか》盛《も》りがはじまった。心がときめいているので、酒の廻《まわ》りが早く、蘭堂はじきに酔い心地になった。

美女は殆《ほと》んど口をきかなかった。何か云われると、ニッコリ笑って頷《うなず》いたり、かぶりを振ったりするばかりであった。しかし、彼女も酒は少しずつ飲んだ。やがて目のふちがポーッと赤くなって来た。

娘は人形から人間になって、またもとの人形に戻っていくように感じられた。生きた人間にしては余りに美しすぎた。ホフマンのオリンピア嬢はこんな美しさだったかも知れない。若《も》し生きているとすれば——いや、生きているにちがいないのだが——この皺くちゃの老人が、どうしてこんな美しい女を手に入れたのか、ふしぎでたまらなかった。

「このモデルの娘さんは、なんとおっしゃるのですか」

「最上令子《もがみれいこ》と云います。これをモデルにして、寸分ちがわない美人人形を造りたいのです。いま、からだの調子を見ているのですよ。最良の状態のときに、石膏をぬりつけるのです」

令子はパチッとまばたきをした。まるで自動人形のようなまばたきであった。人間らしくなくて、人形とそっくりの娘。そこからこの世のものならぬ、あやしい美しさが発散した。人間らしくないところに、名状《めいじょう》しがたい強烈な魅力があった。

「令子さん、あなたは、自分とそっくりの人形ができるのを、怖いとは思いませんか」

蘭堂ははじめて娘に話しかけた。

「いいえ」

彼女はかすかに微笑《ほほえ》んで、小さな声で答えた。人形が何かの仕掛けで口をきいているようであった。シャンとした姿勢で椅子にかけ、顔は正面を向いたまま、少しも動かさなかった。

蘭堂と老人形師とは、この美女をかたわらにして、一時間近く、コニャックを傾けながら、人形の話をつづけた。

「それじゃ、令子さんをモデルにして仕事をはじめたら、知らせてください。ぜひ見たいのです。約束しましたよ」

恐ろしく酔って、ろれつが怪しくなっていた。そして、二人に見送られてそとに出たのだが、そのとき、玄関の戸口で、令子の手が蘭堂のからだにさわった。意味ありげにさわった。

彼は暗い町に出て、電車の駅の方へヨロヨロと歩きながら、その感触を思い出していた。ふと、若しやと気づいたので、さわられた側《がわ》のポケットに手を入れて見ると、小さな紙きれがはいっていた。街燈の下まで急いで、その紙きれを調べると、鉛筆で次のような走り書きがしてあった。

「この爺さんは大悪人です。助けて下さい。わたしは殺されます」

【附記】これも一挙掲載で、私の次の発展篇を角田喜久雄《つのだきくお》君、解決篇を山田風太郎《やまだかぜたろう》君が執筆した。

※本書には、現在の観点から見ると差別用語と取られかねない表現が含まれていますが、原文の歴史性を考慮してそのままとしました。

乙女の本棚シリーズ

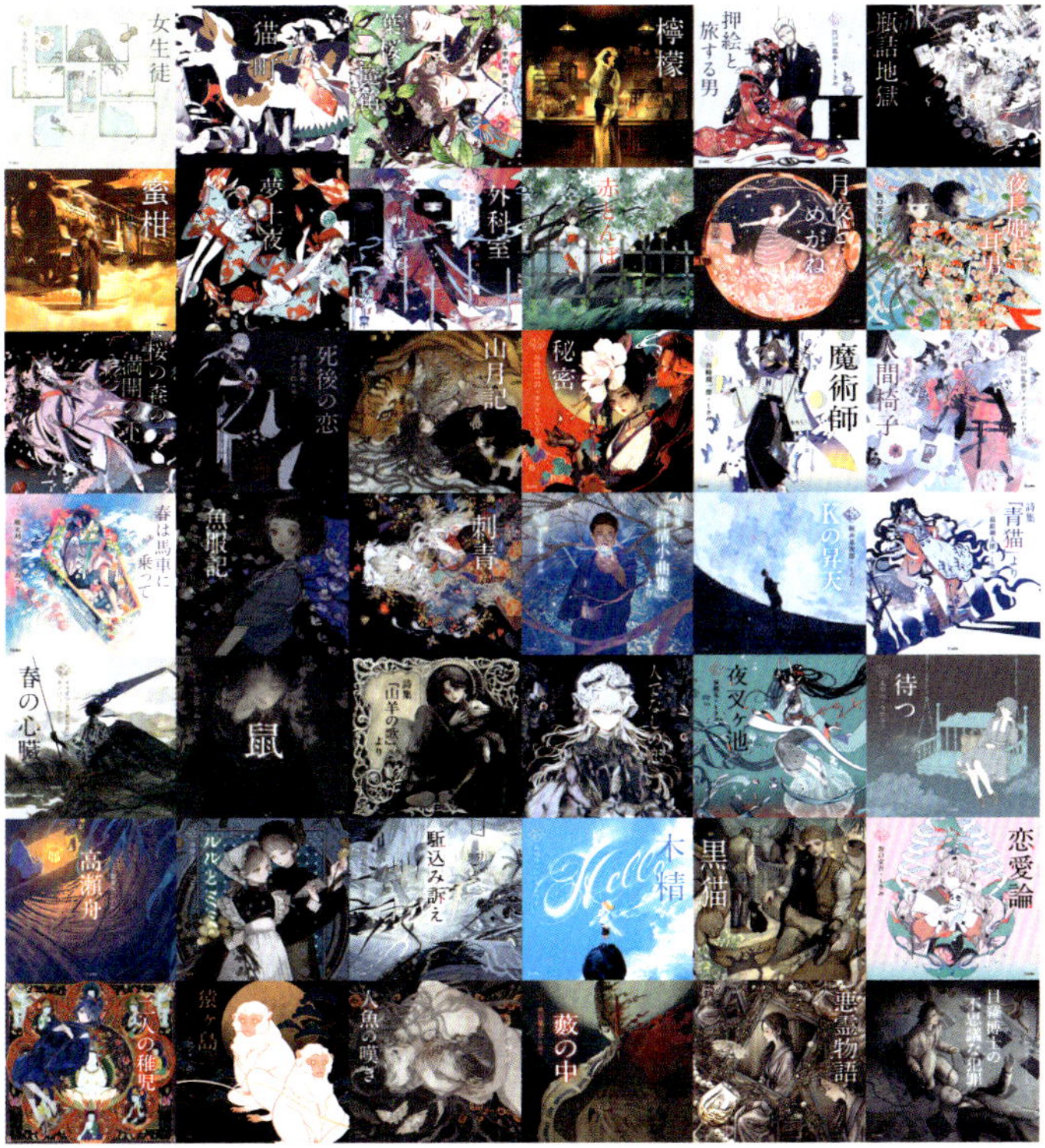

［左上から］

『女生徒』太宰治＋今井キラ／『猫町』萩原朔太郎＋しきみ
『葉桜と魔笛』太宰治＋紗久楽さわ
『檸檬』梶井基次郎＋げみ
『押絵と旅する男』江戸川乱歩＋しきみ
『瓶詰地獄』夢野久作＋ホノジロトヲジ
『蜜柑』芥川龍之介＋げみ／『夢十夜』夏目漱石＋しきみ
『外科室』泉鏡花＋ホノジロトヲジ
『赤とんぼ』新美南吉＋ねこ助
『月夜とめがね』小川未明＋げみ
『夜長姫と耳男』坂口安吾＋夜汽車
『桜の森の満開の下』坂口安吾＋しきみ
『死後の恋』夢野久作＋ホノジロトヲジ
『山月記』中島敦＋ねこ助
『秘密』谷崎潤一郎＋マツオヒロミ
『魔術師』谷崎潤一郎＋しきみ
『人間椅子』江戸川乱歩＋ホノジロトヲジ
『春は馬車に乗って』横光利一＋いとうあつき
『魚服記』太宰治＋ねこ助
『刺青』谷崎潤一郎＋夜汽車
『詩集『抒情小曲集』より』室生犀星＋げみ
『Kの昇天』梶井基次郎＋しらこ
『詩集『青猫』より』萩原朔太郎＋しきみ
『春の心臓』イェイツ（芥川龍之介訳）＋ホノジロトヲジ
『鼠』堀辰雄＋ねこ助
『詩集『山羊の歌』より』中原中也＋まくらくらま
『人でなしの恋』江戸川乱歩＋夜汽車
『夜叉ヶ池』泉鏡花＋しきみ
『待つ』太宰治＋今井キラ／『高瀬舟』森鷗外＋げみ
『ルルとミミ』夢野久作＋ねこ助
『駈込み訴え』太宰治＋ホノジロトヲジ
『木精』森鷗外＋いとうあつき
『黒猫』ポー（斎藤寿葉訳）＋まくらくらま
『恋愛論』坂口安吾＋しきみ
『二人の稚児』谷崎潤一郎＋夜汽車
『猿ヶ島』太宰治＋すり餌
『人魚の嘆き』谷崎潤一郎＋ねこ助
『藪の中』芥川龍之介＋おく
『悪霊物語』江戸川乱歩＋粟木こぼね
『目羅博士の不思議な犯罪』江戸川乱歩＋まくらくらま

［左から］

『悪魔　乙女の本棚作品集』しきみ
『縊死体　乙女の本棚作品集』ホノジロトヲジ

悪霊物語

2024年 10月11日　第1版1刷発行

著者　江戸川 乱歩
絵　粟木 こぼね

編集・発行人　松本 大輔
編集人　橋本 修一
デザイン　根本 綾子(Karon)
協力　神田 岬
担当編集　切刀 匠

発行：立東舎
発売：株式会社リットーミュージック
〒101-0051 東京都千代田区神田神保町一丁目105番地

印刷・製本：株式会社広済堂ネクスト

【本書の内容に関するお問い合わせ先】
info@rittor-music.co.jp
本書の内容に関するご質問は、Eメールのみでお受けしております。
お送りいただくメールの件名に「悪霊物語」と記載してお送りください。
ご質問の内容によりましては、しばらく時間をいただくことがございます。
なお、電話やFAX、郵便でのご質問、本書記載内容の範囲を超えるご質問につきましてはお答えできませんので、
あらかじめご了承ください。

【乱丁・落丁などのお問い合わせ】
service@rittor-music.co.jp

Printed in Japan　ISBN978-4-8456-4104-8
定価はカバーに表示しております。